Núria Cussó

EL TESORO DEL PIRATA

Dibujos de Joan Puig

Editorial el Pirata

Pedro es el pirata de seis años
más valiente y astuto de los siete mares.
Con su familia ha cruzado mares
y montañas en busca de tesoros.

PEDRO ES EL PIRATA DE SEIS AÑOS
MÁS VALIENTE Y ASTUTO DE LOS SIETE MARES.
CON SU FAMILIA HA CRUZADO MARES
Y MONTAÑAS EN BUSCA DE TESOROS.

A pesar de que aún es muy pequeño,
se hace llamar Barbanegra, ¡igual que
el pirata más peligroso de la historia!

A PESAR DE QUE AÚN ES MUY PEQUEÑO,
SE HACE LLAMAR BARBANEGRA, ¡IGUAL QUE
EL PIRATA MÁS PELIGROSO DE LA HISTORIA!

Pedro tiene una misión muy importante:
la de guardar bien los tesoros
que tantos esfuerzos, y alguna pelea,
les han costado.

PEDRO TIENE UNA MISIÓN MUY IMPORTANTE:
LA DE GUARDAR BIEN LOS TESOROS
QUE TANTOS ESFUERZOS, Y ALGUNA PELEA,
LES HAN COSTADO.

Entre todas las maravillas
que han encontrado,
tiene escondido un tesoro viejo y sucio,
pero que para él es muy especial.

ENTRE TODAS LAS MARAVILLAS
QUE HAN ENCONTRADO,
TIENE ESCONDIDO UN TESORO VIEJO Y SUCIO,
PERO QUE PARA ÉL ES MUY ESPECIAL.

Hoy, Pedro está triste.
Como cada mañana ha repasado
todas las joyas del barco pero,
cuando ha abierto el cofre,
¡su objeto preferido no estaba!

HOY, PEDRO ESTÁ TRISTE.
COMO CADA MAÑANA HA REPASADO
TODAS LAS JOYAS DEL BARCO PERO,
CUANDO HA ABIERTO EL COFRE,
¡SU OBJETO PREFERIDO NO ESTABA!

¿Dónde puede estar?
¿Quizá lo había escondido en la bodega,
entre las botellas de ron de su tío
Matías Hierroelpie, y no se acuerda?
No, en la bodega no está.

¿DÓNDE PUEDE ESTAR?
¿QUIZÁ LO HABÍA ESCONDIDO EN LA BODEGA,
ENTRE LAS BOTELLAS DE RON DE SU TÍO
MATÍAS HIERROELPIE, Y NO SE ACUERDA?
NO, EN LA BODEGA NO ESTÁ.

Quizá, como estaba tan apedazado y viejo,
¿alguien pensó que no estaba
en condiciones y lo echó al mar?
¡No!, no puede ser,
¡todos saben cuánto lo ama!

QUIZÁ, COMO ESTABA TAN APEDAZADO Y VIEJO,
¿ALGUIEN PENSÓ QUE NO ESTABA
EN CONDICIONES Y LO ECHÓ AL MAR?
¡NO!, NO PUEDE SER,
¡TODOS SABEN CUÁNTO LO AMA!

Finalmente, Pedro ha decidido preguntárselo a la persona más lista y con más experiencia que conoce: su abuela, la Cazatiburones.

FINALMENTE, PEDRO HA DECIDIDO PREGUNTÁRSELO A LA PERSONA MÁS LISTA Y CON MÁS EXPERIENCIA QUE CONOCE: SU ABUELA, LA CAZATIBURONES.

Ella, después de pensarlo un rato,
ha decidido:
–Mmm... ¡Me parece que ya sé
dónde está tu tesoro! Hace días
que tu madre se lo miraba
y decía que remediaría tanta suciedad...

ELLA, DESPUÉS DE PENSARLO UN RATO,
HA DECIDIDO:
–MMM... ¡ME PARECE QUE YA SÉ
DÓNDE ESTÁ TU TESORO! HACE DÍAS
QUE TU MADRE SE LO MIRABA
Y DECÍA QUE REMEDIARÍA TANTA SUCIEDAD...

Ambos han ido hacia la lavandería.
Han encontrado a la madre de Pedro
tendiendo por una oreja
su amado osito Tete, bien mojado,
¡pero más limpio que nunca!

AMBOS HAN IDO HACIA LA LAVANDERÍA.
HAN ENCONTRADO A LA MADRE DE PEDRO
TENDIENDO POR UNA OREJA
SU AMADO OSITO TETE, BIEN MOJADO,
¡PERO MÁS LIMPIO QUE NUNCA!

Pedro ha dado un fuerte beso a su madre.
¡Bien está lo que bien acaba!

PEDRO HA DADO UN FUERTE BESO A SU MADRE.
¡BIEN ESTÁ LO QUE BIEN ACABA!

PEDRO DESCUBRE QUE
LAS PERSONAS MAYORES SON MUY SABIAS.
¿QUIÉN ES LA PERSONA
MÁS SABIA QUE CONOCES?

1.ª edición: octubre de 2018
...
14.ª edición: marzo de 2022

ISBN: 978-84-17210-26-7
Depósito Legal: B 15991-2018
Impreso en España.

MIX
Paper from responsible sources
FSC™ C104723

El papel utilizado en este libro procede de fuentes responsables.